봄 이야기

봄 이야기

김영성 디카시집

쏠트라인
SALTLINE

딱 보아서 우리에게 어떤 의미나 가치를 느끼지 못하거나 아름다움이 와 닿지 않으면 좋은 작품이라고 말하기가 어렵다고 생각한다.

그래서 나는 이에 걸맞은 작품을 만들기에 혼신의 노력을 쏟아부었다.

주변의 이야기와 계절의 감각 그리고 우리의 생활 풍습을 소재로 다양한 작품을 사진과 더불어 만들어 보았다.

이 작품을 보면서 때로는 아름다움에 젖어보고, 지나간 추억을 되새겨 보기도 하면서 편안한 마음으로 감상하는 시간이 되었으면 한다.

이 책을 구입하신 분들께는 사진에 한해서 저작권 없이 무료로 활용할 수 있도록 허락하는 바이다.

부담 없이 갖가지 사진을 좋은 목적으로 널리 활용하기 바란다.

2023. 4. 김영성

차 례

■ 머리말

세 자매

어여쁜 세 자매 초록 리본 단정하다

긴 속눈썹 깜박이며 화려한 미소를 보내고

4월의 노래 간들어지게 부르고 있다

예쁘게 단장하고 누구를 기다리냐 물으니

이야기 나눌 임을 기다린단다

기다림이 봄의 가슴을 더욱 설레게 하고 있다

완숙한 세 자매 어서 좋은 임을 만나

봄노래를 행복하게 불렀으면 한다

봄날의 흐름과 함께 예쁜 얼굴에 주름이 지기 전에

수선화

푸른 칼라 곧게 세워
노란 눈망울 수줍게 굴리더니

어느새 환한 얼굴을 활짝 펴
노란 미소를 짓는다

시간이 흐르자 많은 얼굴들이
노란 유혹의 눈길을 보낸다

봄이 왔노라고
눈부신 노란 얼굴들이 종알거리고 있다

올해도 수선화는 어김없이
어여쁜 얼굴로 봄을 알린다

꽃의 사랑

꽃이 사랑에 빠졌다

서로가 밤낮으로 어루만지며

달콤한 사랑에 묻혀있다

누가 먼저랄 것도 없이

한 몸 되어 또래의

삶에 같이하고 있다

이 모습에 누군들 가슴 뛰지 않을까

봄날의 부드러운 햇살이 둘의 사랑을

더욱 붉게 물들이고 있다

하늘과 구름

깊이를 알 수 없는 푸른 공간에
뭉게구름 피어올라

한나절에 평화로운 모습을
가슴에 심어주고 있다

봄날의 생기 돋는 나뭇가지가
운치를 더해 준다

한 폭의 그림을 마음속에 담아두고
기운을 설렘으로 흠뻑 받아본다

봄날 한때 오후의 풍경이
기분 좋은 하루를 선물하였다

지는 목련

하얀 꽃봉오리 백옥처럼
눈부시게 피워

소박한 봄날을 노래하듯
자태 뽐내더니만

금세 초라한 모습을 보이며
시간 속으로 사라지려 한다

봄을 알리는 색 바랜 엽서가 되어
땅 위로 한 장씩 던져지고 있다

던져진 엽서들이
아쉬움으로 쌓이고 있다

다음 봄을 기약하며
작별을 고하고 있다

진달래

가냘픈 몸매의 연인

연분홍 입술 벙긋거리며

작은 목소리로 봄을 노래하고 있다

옆 초목들이 봄 여인의 소리에

눈을 떠서 기지개를 켜

몸에 생기를 돋운다

가냘픈 여인의 얼굴을

설렘으로 바라보는 시간

마음이 한껏 열리는 기쁨의 시간

나도 이 기운을 받아

힘차게 기지개를 켜본다

조팝나무꽃

아니! 때아닌 눈꽃이 만들어졌다
눈이 부시도록 하얀 눈꽃이

봄 햇살에 더욱 깨끗한 모습으로
치렁한 하얀 눈꽃을 만들었다

들여다보면 작은 꽃들의 어울림
줄기마다 가득 채워

꽃방망이처럼 멋있는
봄꽃 잔치 열렸다

개나리

겨울을 나자
길가에 노랗게 핀 개나리꽃

봄 처녀의 화려한 나들이옷
노랑 저고리처럼
자태 곱고 곱구나

줄기마다 노란 꽃 가득 채워
흐드러지게 늘여 뜨리니
오가는 이의 눈길 사로잡고 있구나

봄 햇살의 힘을 받아
노란빛 황홀하게 뿜어 올리고 있구나

산벚꽃

산에 올라 걷다 보니
화려한 빛이 나를 휘감아

무엇인가 하고
살펴보았더니 산벚꽃이네

산중에 꽃잔치라니
봄의 잔치이런가

산뜻한 화사함을
입을 벌려 느껴본다

내일도 보러 와야겠네
화려한 그리움을 찾아

산딸기꽃

산길을 오르려니
가시덩굴에 하얀 꽃과 눈 마주치고

들여다보면서 멋을 찾지만
눈에 와 닿는 자극은 없다

예쁜 자극은 없어도
시간이 지나면
맛있는 산딸기로 변신하겠지

입에서 신맛을 돋우는
빨간 산딸기로

하얀 산딸기꽃을 지켜보며
그날을 그려 본다

벚꽃

하얀 눈부심의 화려함이
감탄의 아우성으로 쏟아지고 있다

떨어지는 꽃잎은
축복의 은빛 조각들이다

봄 한때 우리의 마음을 달래주고
위안이 되어주는 벚꽃길 걸으면서

꽃의 화사한 뽐냄을
마음껏 칭찬해준다

벚꽃과의 황홀한 시간을
보고, 담고, 느끼고, 대화하면서 보낸다

매화

아직은 손이 시린데
추위를 두려워하지 않고
꽃망울 올리더니
청초한 꽃을 피웠다

봄소식을 전하려
누구보다 부지런을 내어
얼굴을 내밀었다

겨울의 끝자락일까
다음 계절의 시작일까

그 얼굴을 보니
봄이 몰려오고 있음이
가슴으로 느껴진다

완두콩꽃

예쁜 처녀가 댕기 장식하고
아름다운 얼굴을 내보이나

애처롭도록 보드라운 살결이
뭇시선을 끌도록

유혹의 미소를 짓고 있다
나를 보면 안달이 날거라고

하얀 머리핀

푸른 머리에 하얀 머리핀
볼수록 순백함에 눈이 부시다

사랑하는 이가 꽂아 주었을까
궁금함이 연 꼬리를 물고 날아오른다

해맑은 모습에서 푸른 머리카락 돋보여
계속해서 나의 눈을 훔쳐 간다

하얀 머리핀이 자꾸만
가슴에 물감처럼 스미어 온다

작은 나팔수

우리 집 앞 담장에
한 그루 보리수나무

작은 나팔수들이 무수히도
모여 있네

화창한 봄을 연주하려나 봐

나팔악단의 연주 소리
나에게만 들려준다

우렁찬 봄의 소리가
내 가슴속에 퍼지고 있다

물방개 소리

물방개가 큰소리를 내며
요란스럽게 일하고 있다

이리저리 왔다 갔다
물 댄 논을 휘젓고 다니고 있다

모심을 자리를
열심히 일구고 있다

땀방울을 튕기며
노동가를 큰소리로 부르고 있다

요란스런 노동가 소리에
온 벌판이 긴장하고 있다

병아리 울음

병아리 한 마리가
날갯짓 하며 풀 속에서
엄마를 찾아 울고 있다

병아리는 애가 타게 울고 있지만
봄 햇살에 노란 병아리는
귀엽게만 보인다

봄의 멋진 풍경을
한 폭의 그림으로 그려 놓았다

병아리 울음소리가
봄 노래로 들리는 봄날이다

제비쑥꽃

꽃인지 아닌지
그 맵시는 없지만
나도 당당한 꽃이라오

한때는 나도 인기가 좋아
사람들의 손에 이끌려

떡으로 태어나서
사람들의 입맛 사랑을 받았다오

지금은 들풀에 잡초로 취급받아
천덕꾸러기가 되었지만

나도 당당히 사랑받아야 할
제비쑥꽃이라오

낯선 만남

낯선 만남에
적으로 간주하고 있다

두리번거리는 고갯짓에
두려운 눈빛이 조심스럽다

먹이를 쪼아대듯 곁눈질로
움직임을 씹어보고 있다

꽁지를 흔들며 아군인지
대답을 묻고 있다

머뭇거리는 새 한 마리
순간 조준하여 잡았다! 찰칵!

총을 든 적을 이리저리 움직이며
부지런히 감시하고 있다

이런 꽃도 있었을까

길가에 피어난 버섯처럼
고개 우뚝 세우고

내가 꽃인가? 새싹인가?
물어오는데

아침 햇살과 반짝이는 이슬에
어울린 모습이 영롱하여

얼른 꽃이라고 대답하였다
아름다운 꽃이라고

뒤돌아 가면서는
이런 꽃도 있었을까
고개를 갸우뚱해본다

벗님 얼굴

화사한 벗님 얼굴에
푸른 모자 멋있게
덮어쓰고

봄놀이 가자꾸나!
꽃구경 가자꾸나!

예쁜 벗님의 얼굴 보니
봄놀이가 더욱 흥겨워

꽃구경이 따로 없네
벗님이 꽃이려니

노목

세월의 강이 흘렀음을 보여주고 있다

늙어감의 서글픔을 말해주고 있다

거친 주름의 늙은 노목이

온갖 풍파 견디며 수명을 이어가고 있다

지내온 세월 돌이킬 수 없는 것처럼

이왕 지나간 일들은 모두 잊고

아무런 말 없이 제자리를 지키고 있다

쩍쩍 갈라진 주름 사이를

이끼들이 어루만져 주고 있다

자연이 주는 모든 조건을 수긍하며

운명처럼 숙명처럼 받아들이고 있다

뿌리로 열심히 혈액순환을 시키고

가지와 이파리로 숨을 쉬면서

묵묵히 세상을 지켜보고 있다

세월의 흐름을 겉모습으로 말해주고 있다

제비꽃

어느 산골 양지바른 잔디에

제비꽃이 가족을 이뤄

예쁘게 미소 지으며 말하고 있다

나는 알아듣지 못할 말들을

그들은 하고 있다

날씨의 변화를 말하고

이웃하는 풀과 나무를 말하고

지나다니는 뭇 동물들을 말하고 있다

나름의 야릇한 향기 내 뿜으며

봄 한때를 유혹하고 있다

서로를 위로하면서 날밤을 새워

열심히 이야기하고 있다

이 봄이 가기 전에

얼굴이 시들해지기 전에

그들은 시간을 아까워하며

묵은 맛의 만남

포근한 날씨에 옷깃을 여미게 하는

꽃샘바람 부는 날

꾸며진 찻집 정원을

이리저리 뒤적이며 눈의 맛을 찾아본다

오랜 세월 뒤로 쫓겨난

항아리와 골동품 기와

서로들 과거 많은 사연을 지닌 체

이곳에 모여 뭇사람들의 시선에

묵은김치 맛으로 답하고 있다

단체 봄나들이의 한때

그들과의 만남을 기회로

옛 묵은 맛을 보았다

그들과 함께 나란히 추억의 기록도

찰칵 소리와 함께 남겼다

다시금 꽃샘바람 불어와 이제 그만 가라는 듯

싸늘한 이별을 고하는 낯선 오후의 봄날

밀밭에서

푸른 물결이 밀려온다
아스라한 지평선에서부터 밀려온 물결이
나의 가슴을 철썩! 때린다
맞은 가슴이 시원하다
고민에서 벗어난 해방감처럼
쌓였던 일을 다 처리한 것처럼
위기의 순간을 벗어난 것처럼
푸름은 희망, 생동감, 안도감을
가슴에 한 아름 선물하고
썰물이 되어 아스라이 멀어져 간다
푸른 벌판을 만난 초식 동물처럼
풍요롭고 평화로운 한때이다
푸르른 벌판을 힘차게 달리면서
생동하는 봄을 맘껏 마셔보고 싶다
이 희망, 생동감, 평화로운 한때를
가슴에 담아 글 바구니에 쏟아부었다
모두에게 그 선물을 나눠 주려고

4월의 산 풍경

볼수록 위엄이 풍겨지는 산 풍경

높은 봉우리를 우러러보며

산의 힘에 압도되어 있다

정상의 봉우리를 따라 꿈틀거리는 등성이는

아직 겨울티를 벗어나지 못하고

시련에 부대낀 모습처럼

산자락을 내려다보고 있다

산자락은 연푸른색 옷을 입고

4월의 봄노래를 하고 있다

산자락 밑으로는 인간들의 삶이

어우러져 부지런히 움직이고 있다

산은 항상 근엄한 모습으로

인간 세태를 굽어보고 있다

평화로운 4월의 산 풍경이

살아있는 산수화를 그려놓았다

하얀 얼굴들

너무도 예쁜 하얀 얼굴들이
바람에 한들한들
노란 눈망울을 굴리며
나를 붙잡았다

순간 그들에 끌려
예쁜 얼굴들을 만져 보았다
귀여움을 떠는 모습이
사랑하는 손주들 같다

가던 목적지를 망각한 채
그들과 즐거운 시간을 주머니에 넣었다
시간 가는 줄 모르고

눈으로 이야기하고
가슴으로 이해했다

다랑이논

시골의 다랑이논이 쉬고 있다

겨우내 잠을 잤지만 아직은

활동할 때가 아니란다

논바닥과 논둑에는 봄풀들이

서서히 자리를 잡아가고 있다

4월의 들판이 봄바람에 평화롭기만 하다

가끔은 논둑에서 여인들이 나물을 캐기도 한다

일손이 쉬고 있는 시골 다랑이논의 풍경이

봄 햇살에 조용히 숨을 고르고 있다

얼마 안 있어 분주한 일손들이

찾아들 것을 예감하면서

눈을 뜬 채 조용히 쉬고 있다

꽃다발

살아있는 꽃다발 누구에게 드릴까요?

싱그럽고 화려한 꽃다발 누구에게 전할까요?

좋아하는 이에게 사랑 고백 꽃다발로 보낼까요?

아니다 너무 예쁜 이 꽃다발

모두에게 보낼 거라네 마음의 선물로

도깨비방망이처럼 자꾸자꾸 만들어서

원하는 이에게는 축복의 선물로

가슴속에 안겨 드릴 거라네

이 꽃다발을 보는 순간 이미

그대는 행복한 축복의 꽃다발을 받았다오

하얀 봄날

하얀 얼굴로 미소 짓는
그대들은 누구일꼬?

가냘픈 얼굴로 봄 한때를
위로하러 온 천사들인가

깨끗한 얼굴로 눈부신
하얀 봄날을 만들었구나

잔디

암반 위 떡들이 네모지게 잘리어
고물에 놓여 있다

떡을 가지고 어디로 갈까
산에 아니면 공원에
떡은 여러 용도 쓰여 지리라
필요한 뭇 사람들에게

떡은 잘 먹어야지
충분히 물을 섭취하면서
떡은 필요로 하는 어디에나
차를 타고 공급될 것이다

배달된 떡들이 돌고 돌아
쑥떡으로 다시 태어나겠지
쑥떡은 널리 자리 잡아
눈을 맛있게 해줄 것이다

꽃잔디

화려한 이불이 깔려 있다
핑크빛 사랑의 상징처럼
침대에 덮여 있다

화사한 불빛 받아 눈이 부시다
잘생긴 그대를 마주하기가
부끄러워 어색한 기분처럼

자잘한 꽃들이 가슴에 파고들어
사랑의 기쁨을 만들었다

밤이 되면 화려한 설렘으로
뜨거운 밤을 불태울 것 같다

동백꽃

예쁜 꽃으로 그대 가슴에
매달리고 싶다

좋은 날이 어서 오기를
기도하면서

축복의 시간이 달려오길
희망하면서

경사스런 날이 오기를
기대하면서

행복한 시간을 만들고 싶다
그대 가슴에 꽃이 되어

내 고향

고향마을 저수지 풍경이
정감 어리게 아름답다

예전에는 주변이 온통 산과 들판으로
시골 전원 풍경이었으련만

지금은 고층 아파트들이 진을 치고
도시의 물결이 마을 주변을 찰랑대고 있다

머지않아 도심의 물결에 잠기어
고향의 형체 볼 수 없을 것 같다

낚시꾼들의 여유와 저수지의 잔잔함이
아직은 내 고향임을 말해주고 있다

고향의 향수는 언제나 나를 과거로 몰아
앞서간 이들을 그립게 한다

살구꽃

파란색 도화지에
하얀 꽃들을 그렸다

파란색 바탕이 꽃을
돋보이게 하고 있다

노란 열매로 변신하여
입맛을 돋을 살구나무꽃이

하늘의 기운을 받아
선명하게 예뻐 보이는
3월의 오후이다

눈깔사탕

꽃 속에 눈깔사탕이 있다
어린 시절 콧물 빨며
눈깔사탕 오물거리던 생각이
영화 화면처럼 떠오른다

그 사탕이 왜 저기 있지

달디 단 눈깔사탕
꺼내어 맛볼거나

눈깔사탕이 바람에
예쁜 모양으로 살랑거린다

철갑옷

철갑옷을 입고 있는 소나무

조각조각 쇳덩이들이 누벼져 있다

소나무는 태고부터 내려오는 전사의 조상일까

철갑옷을 항상 입고 있으니

철갑옷을 입은 소나무가 든든해 보이기도 하지만

무게를 느끼지 않을까 걱정 아닌 걱정도 해본다

나도 소나무와 마찬가지로 갑옷으로 무장하고

남모르게 힘들어하는 것은 아닐까

세상살이 두려워서

귀걸이

어! 귀걸이다
축 늘어진 나뭇가지에
귀걸이가 철렁

뽐냄일까
멋 부림일까
자신의 상징일까

여기저기 온통
귀걸이가 진열되어 있다

액세서리 가게처럼
주렁주렁 귀걸이 나무가 서 있다

가랑비

가랑비가 부드럽게
얼굴을 만지는 오후
내리는 가랑비로
안개 풍광을 만들었다

잘 보이던 모습들이
가랑비에 감춰지고
바로 눈앞만을 보여주고 있다

삶에도 가랑비가 있겠지
때로는 흐릿한 판단을
하는 일도 있으니까

바로 눈앞만을 보다가 순간
중요한 것을 보지 못할 수도 있으니

덩굴

남들이 있어야 편하다
혼자인 건 상상할 수가 없다

누군가 곁에 있으면
친구가 되고 식구가 된다

누구든 손을 내밀어
한 식구처럼 살아간다

때로는 빈대처럼 귀찮게 하고
목을 휘감아 죽이기도 한다

나를 얌체라고 욕해도
못된 살인자라 울부짖어도
변명하지 못한다

본래의 천성이니까

공연단 여인

산봉우리에 예쁘게
피어난 복사꽃

공연단 여인들의
단장한 모습

이곳을 지나가는 사람들이라면
멋있는 공연 지나칠 수 있으랴

공연 열기에 4월의 봄이
온화하게 익어가고 있다

새싹 돋는 나뭇잎

새싹 돋은 나뭇잎들이

일정한 간격으로 두 팔 벌려

미끄러져 내리듯

봄을 즐기는

숲속의 놀이

오리나무

겨우내 잠을 자던 오리나무가
봄기운을 타고 기지개를 켜드니만
손바닥들을 뻗어 올리고 있다
생동감 있는 손짓에
봄의 향취 퍼져 나와
내 마음에도 기운이 돋게 한다
산허리를 따라 날아갈 듯
기분 좋은 봄날이다

사진관 포즈

둘이서만 찍던 사진
사진관 포즈

형제일 때도
남매일 때도
자매일 때도
부부일 때도

어깨 감싸며
이런 포즈 많이 잡았지

사진관의 추억이
새록새록 나게 하는
진달래꽃 포즈

황홀한 파도

서로 얼굴을 등지고도
어여쁜 한 쌍

그대들의 자태에
봄날이 화려하다

완숙한 그대들의 얼굴이
가슴에 스며들어

잔잔한 호수에
황홀한 파도를 일으키고 있다

혼이 나간 나무

산속에 우뚝 서 있는
키 큰 나무

누가 다듬어 놓았을까
마치 사람이 해 논 것처럼

오라!
딱따구리 새 짓으로구나

혼이 나간 나무를
거칠게 끌질을 해 놓다니

재주도 좋지
품삯은 받았을까?

애교 머리카락

여인의 머리에 스프링처럼 늘어뜨린

작년에 만들어 놓은 애교 머리카락이

강한 인상을 주고 있다

한때는 유행의 바람을 탔던

애교 머리카락

여기서 또 보는구나

청미래덩굴에서도

꽃봉오리

꽃은 피었을 때보다
꽃봉오리일 때가 좋다

꽃봉오리는 어린 젊음이요
기대이며 꿈의 상징이다

그래서 꽃은 봉오리일 때가
제일 좋은 시절인 것이다

강변에서

평화로운 서정이 펼쳐지는
강물의 모습이 나를 불러들인다

흐르는 물이 막바지 빛을 머금고
소리 없는 깨끗한 풍경으로
감동의 물결을 만들었다

아직은 성하지 않은 4월의 물풀 사이로
명경처럼 잔잔한 물이
내 마음을 적시어주듯
아름답게만 보인다

조용하고 산뜻한 풍경화가
내 가슴에 그려지고 있다

하루가 지나가는 휴식의 시간이
점점 다가오며 내 등을 떠민다

진열대의 옷들

옷들이 주인을 찾아 나섰다

눈을 예쁘게 뜨고 지켜보고 있다

주인의 몸에 입혀져야

비로소 혼이 묻어나고

제구실을 할 수 있다는 것을

알기 때문이다

제각기 명찰을 붙이고

자신의 값어치를 평가하고 있다

모양새와 자태가

주인의 세대와 기호를

대충 추측할 수 있어 보인다

내 주인이 올 거라는 기대감으로

기약 없는 시간을 보내고 있다

나는 시집을 내놓고 나서야 다시 시를 공부하고 있다. 어찌 생각하면 부끄러운 일이기도 하다.

그러나 나름 나의 이야기는 계속 쓰고 싶다. 세상 이야기를 모든 사람과 나누며 살고 싶다. 어떤 형식에 구애받지 않고 나의 속마음을 털어놓고 싶다. 어찌 보면 산문 같은 시이고 때로는 시 같은 산문일지도 모른다. 다만 속에 있는 마음을 말하고 싶을 뿐이다.

사진에 있어서도 설명 없이 이해할 수도 있고, 감상할 수도 있지만 어떤 이야기가 있으면 더 흥미롭지 않을까 해서 글을 곁들인 것이다.

우리가 흔히 지나쳐 버리는 순간들을 계속 발굴해서 독자분들에게 전해 드리고 싶다. 많은 관심이 곧 힘이 됨을 알아주었으면 한다.

2023. 4. 김영성

봄 이야기

김영성 디카시집

발행일 | 2023년 07월 07일

지은이 | 김영성
사　진 | 김영성
펴낸이 | 고미숙
편　집 | 구름나무
펴낸곳 | 쏠트라인saltline

등록번호 | 제452-2016-000010호(2016년 7월 25일)
제 작 처 | 쏠트라인saltline
전자우편 | saltline@hanmail.net

ISBN : 979-11-92139-35-7 (03810)
값 : 10,000원